El tigre de Naim

SOPA DE CUENTOS

© Carlos Pellicer, 2002
© Adaptación literaria: María Dolores Rius, 2002
© De esta edición: Grupo Anaya, S.A., 2002
Juan Ignacio Luca de Tena, 15. 28027 Madrid
www.anayainfantilyjuvenil.com
e-mail: anayainfantilyjuvenil@anaya.es

Primera edición, octubre 2002

ISBN: 84-667-1712-9
Depósito legal: Bi. 2.077/2002
Impreso en GRAFO, S. A.
Avda. Cervantes, 51 (DENAC)
48970 Ariz-Basauri (Vizcaya)
Impreso en España - Printed in Spain

Carlos Pellicer

El tigre
de Naim

ANAYA

Naim tiene un tigre de peluche.

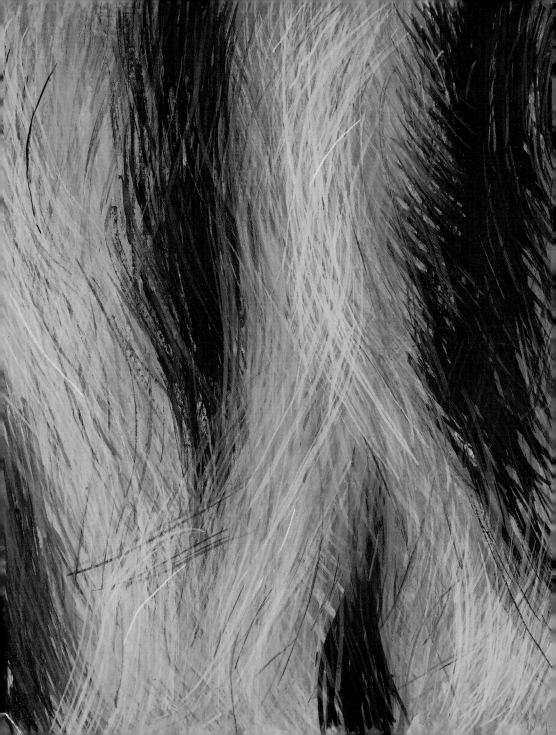

El tigre de Naim
es de color pardo
y tiene rayas negras.

Naim le dice a su tigre:
—Vamos a jugar.

Y el tigre le responde:
—¿A qué quieres que
juguemos?

—A juegos de la
selva —dice Naim.

—¡Bien!, yo soy el tigre
y tú el cazador —responde
el tigre.

—¡No!, yo hago de tigre y tú de cazador —contesta Naim.

—¡Vale! Ya puedes empezar a correr.

Naim comienza a correr,
pero se da cuenta de que
el tigre se ha quedado quieto.
 —¿Es que no quieres jugar?
—le pregunta.

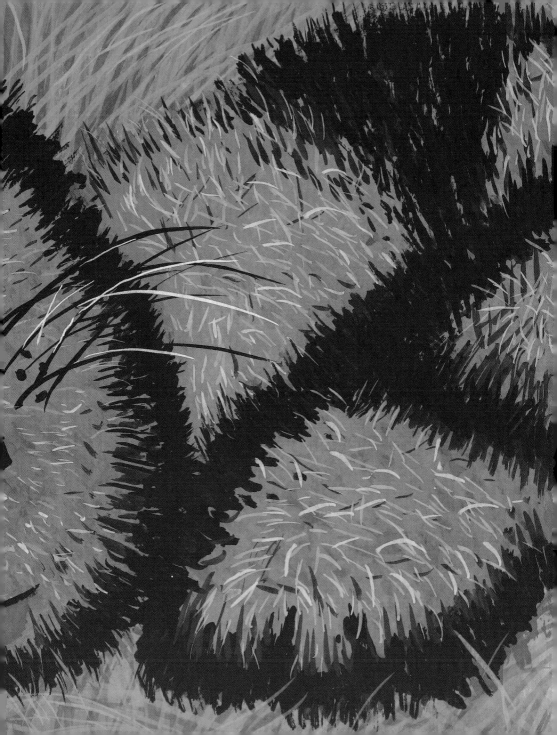

—¿Con quién hablas? —dice
la madre de Naim desde la puerta.

—Con nadie, estaba jugando
a juegos de la selva.

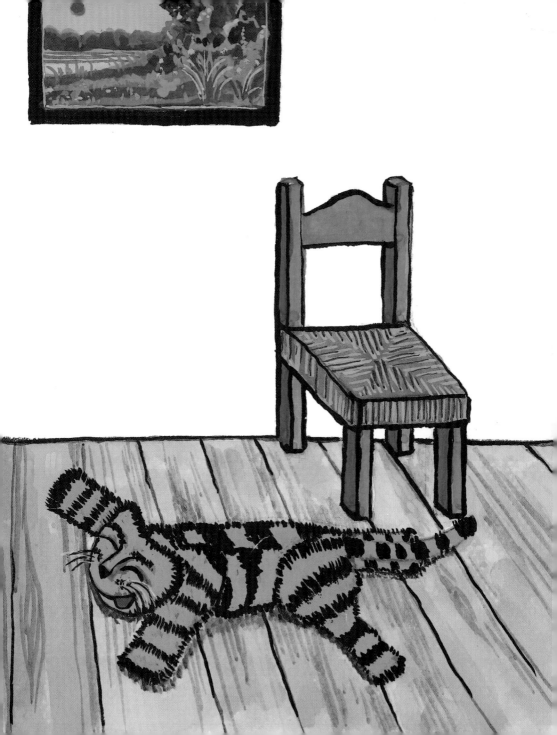